あけび叢書　第一八九篇

いのちゆいのちへ

遠藤　滋　歌集

七月堂

歌集

いのちゆいのちへ

遠藤 滋

七月堂

歌といふかたちに込むるメッセージいかに届くやいのちゆいのちへ

目次

いのちゆいのちへ

I　いのち生かすに何を恐れむ

友より送りこし朝顔

われよりも先づ朝顔に水与ふきみありてこそ窓に咲く花

恋歌

かなはぬと思へどともに生きること強く願はむ恋するがゆゑ

武満徹に寄す

静寂を音に成せるや絶妙の間をおきて鳴る一音一音

虚空より迫り来《きた》れる音ひとつ張りつめし世界これにてぞ成る

笙《しやう》の音《ね》を受けてひろぐる管弦の美しき響きに涙こらへぬ

春への歩み

寒風に激しく揺るる雪柳そのしなやかさの息づく舗道

大阪に医療施設を訪ぬ

新緑の眩《まばゆ》き中をひた走る仰臥《ぎやうぐわ》せるわれを乗せしワゴン車

わが頸《くび》の断層写真示しつつ老医は嘆けり医の過ちを

おだやかに白髪の医師もらしたり「脳性マヒの治療まちごうとるんや」

堅田《かたた》に寄りて

大阪に来しついでにと近江なる堅田の里にふと立ち寄りぬ
あまたなる歴史の風雪くぐりたる堅田の暮らし今も残れり
風情ある家並《やな》みの続くその角に一本《ひともと》の藤枝《え》をひろげたり
臥《ふせ》ゐしにゆかしと思ふ藤の花けふ堅田にて盛《さか》り見むとは

路地おほき堅田の街の軒にさく枝いつぱいの白き小手毬

本願寺ゆかりの寺にひびきゐる子らの歓声託児所《たくじしょ》なりき

児《こ》を負ひてかへる間際に本堂を拝せし母の白き厨着《くりやぎ》

靖国に寄す

夜桜の咲く杜の中あまたなるみ霊の声の聞こえざらむや

見よそこにあまたの死者の見えざるやその声聴かずいかに生きなむ

ふるさとも家族も友もうち捨てて何守らむとせし国のためとて

新妻をおきて応召せしままに帰りこぬ君あはれやあはれ

いのちを生かしあふ絆

絶望の淵より立ちしわれらゆゑいのち生かすに何を恐れむ

ふたつなきいのちを生かし生かしあふ世界つくらむわれらが手にて

わが夢を必ず夢には終らさじかかる想ひを一途に生きむ

対象をみつめて

わが胸の奥深くなる水脈を掘りあつるとき歌の生まるる

Ⅱ　椋に蝶あり空に向け発つ

闘病

闘病のわが枕辺の玻璃《はり》窓を激しくたたき春一番の吹く

日和《ひより》かと思へば南風《なんぷう》吹き荒れてものの倒るる音しきりなり

まだ遠き道のりならむなほ続くこの身の苦痛癒ゆる日はいつ

この痛みこの苦しみをいかにせむわが肋骨の裂くるがごとき

白木蓮の咲く頃

膨らめる木蓮の芽の開き初め卒業生らは旅立つらしも

外套も紺の上着もぬぎすてし女生徒たちの姿清しも

女生徒と男生徒の声混じりゐてはなやぎをりぬ陽の暮るるまで

芽ぐみたる校門横の白木蓮今日咲き初めて門出祝ひぬ

女生徒のブラウス混じり白木蓮咲ける門前にはかに華やぐ

二〇〇五年、頸椎の手術を待ちつつ　九段坂病院にて

大波にかく揺らるるもむべならむまことにわれは蛭子《ひるこ》なりせば

葦舟《あしぶね》にのせて流されゆく先を蛭子は知らず何処《いずこ》の岸か

別れたる妻との間の地獄絵をいま病院の夢にまた見つ

焦りたる我とは別の誇りもてはだかる汝にいよよ焦れり

いさかひの果てなる地獄の阿鼻叫喚覚むれば足の灼《や》くる痛みか

手術後に

眼にまろき「無影灯」の映りゐてわれ生くるらし手術終りぬ

昏《くら》きより還り来《きた》ればわがいのち確かにありて呼吸の重き

二〇〇六年四月、障害者自立支援法施行

うららなる春の日なるに今日よりは身を剥ぎつくす法施行さる

わが頸椎《くび》の手術の痕も癒えざるに問答無用と悪法はゆく

用意せる説明のみをくりかへし問ひに応へずやり過ごす君

従順に日々の仕事をくりかへすこの上にありかのホロコーストも

顔もなき鉛の兵隊行き行きて何方《いづち》に向くるやその銃先《つつさき》を

初夏より梅雨へ　わが窓より

若き芽も見る間に繁る季《とき》となり中学生もはや衣替へ

急速に緑増したる木々の下道行く人の足取り軽し

のびやかに裸の脚をはこびつつ女子《をみなご》行けり緑陰深し

降る雨に光る路面は木《こ》の影の暗く落ちゐて傘の花行く

手を借りて側臥《そくが》となれるその時し椋《むく》に蝶あり空に向け発《た》つ

夜顔《よるがほ》に寄す

ほの白く夜顔咲けり台風の去りてさやけき月の窓辺に

朝顔と思ふに蕾《つぼみ》は昼を過ぎ膨らみ初めてほどけゆきたり

夏の日にハート形なる葉をみれば葉脈透けて水の行き交ふ

蕾なる萼《がく》より緑の首伸びてねぢれ解きつつ花ひらきゆく

純白のフレアスカート思はせて夜顔咲けり月出づるころ

夜顔は大輪なるにその白き花弁の薄きゆゑかはかなき

夜顔は淋しからずや夜の闇に人知れずしてほの白く咲く

夜型のわれの性癖察してや今年は夜顔送りくれしか

橙《だいだい》の酢

橙《だいだい》酢《ず》その瓶入りをサイトにて売るとは知りし急ぎ求めぬ

わが欲りし橙の酢を滴らせ秋刀魚を口に運びくるるも

ほどよくも焼けし秋刀魚を橙の甘きかほりは包みゆくなり

春菊を湯掻きて橙酢を垂らすその味と香の品の良きかな

橙の実をししぼると匂ひたつほのかなる香よ懐かしきかな

ずつしりと手なる重みに親しみしゆゑか懐かし橙の実の

いのちありて

はからひの極まるところわが思ふいのちありそに支へらるると

痛みさへわが生存の証とぞ思ひつつなほ痛きは痛し

肋骨をめくり上ぐがに胸苦しこの身体《からだ》もてわれ今日も生く

今日もまた足の先なる激痛に耐えて一日《ひとひ》をすぎゆくらしも

気分よき時は車椅子《いす》にて蕎麦《そば》啜る光明一筋みゆる気のする

春先の入院

足裏ゆ火の噴き出づと思ふ間に紅蓮《ぐれん》の炎はわが身を包む

ただごとと思へず主治医に繰り返し急《せ》きて訴へ入院を決む

わが耳の内に蝉の音《ね》聞こゆるをうつつと思ひふと外を見る

窓の外《と》の枯れ木のあはひに透きみゆる多摩の河原のハングライダー

病室の窓より見ゆる裸木の梢越しなる新二子橋

還暦に

大揺れの体調にただ翻弄をされつつ迎ふ今日は還暦

出来うればただひつそりと過ごしたしわが六十歳の誕生の日よ

『えんとこ』の監督はやくも持ち来《きた》る赤シャツ頭巾そにパンツまで

六十年ああ六十年よ障害の身を支えこしわがいのちなる

足裏の皮膚を破りて針金のあまた突き出づ古人形のごと

憲法とともに歩みし六十年その精神をわれ誇りとす

体調の荒き波間に揉まれつつふつふつ滾《たぎ》るわが創作心

Ⅲ　思ひいづるにいよよ切なし

初日

朝日出《い》づ海より輝く朝日出づ国民国家は終りゆくとも

群青の空残しつつ明け初めて黒き海よりいま陽は昇る

鳶《とんび》舞ふ暗き波の上《へ》紺碧の空を染めつつ初日は昇る

「言葉で作る料理人」

スタッフに細かに指示し調理をば進むる君は重き麻痺持つ

三軒茶屋その近くなる自宅にて厨房構へ「ゆうじ屋」と呼ぶ

君はわが教へ子にして同志なり介助の保障を共に闘ふ

電動の車椅子にて炎天下新作ケーキを君は届け来

ほどよくも甘さを抑へ甘夏のシフォンケーキはきめ細かなり

麻痺の身の勘確かなり苦みさへ清涼感のもととなしたる

介助をば受けて自立をはかる時必ず問はる何をしたきか

堂々と麻痺の言葉を貫きて君は地域に根付きゆくなり

摘まれしいのち

好もしき母娘《おやこ》なりしを突然になにやありけむ心中の報

麻痺持てる故に生まれし恋の詩に深く共感せし君なりき

君はわが教へ子にして利発なる故に未来を期待されにき

自らはいふに及ばず咲き初むる我が娘《こ》のいのちまで摘みしとは

夫《をつと》への抗議ならむや我と我が娘《こ》のいのちまで奪ひ去るとは

知人への情《なさけ》すなはち仇となり債務負ひしが悲劇を生みし

いざ世にて羽撃《はばた》かむとせるその時にいのち断たれし君は教へ子

きらきらと輝く君の眼《まなこ》をば思ひ出づるにいよよ切なし

わが家のリフォーム

ふた部屋をひとつになせるわが部屋は明るくなりて開放感に富む

目醒め際高級ホテルと紛ふほどわが住む部屋は落ち着きに満つ

仰臥《ぎやうぐわ》の身天井の灯の眩しきを梁《はり》への反射に換へてやはらぐ

装ひも新たになせる部屋にゐてわが体調も落ち着かむとす

母よ母

母よ母卆寿《そつじゅ》迎へしわが母よ入院せしよりはや一年余

娘とは同居といへど日中《ひなか》にはひとりベッドに寝起きしをりぬ

板の間と奥の座敷の境なる少しの段に母は転びぬ

ひと時も早く家へと戻したしリフォームするを妹人《いもうと》と決む

諸行無常

琵琶法師語り継ぎたり公達《きんだち》の治承寿永《ぢしやうじゆえい》の盛衰《せいすい》の様

仏教の本義にあれど世の無常あへて説きたる「方丈記」はも

いつの世に誰《た》が作りしやいろは歌仏の教へよくぞ込めたる

日本の初の歌曲か「荒城の月」は照らせりこの世の栄枯

なにとなく諸行無常といふことの思ひ出さるる昨今の世
金融の危機と不況は深まりて底見えぬまま行方もしれず
ひたすらに仏の御手にすがるとふ教へのありて解き放たるる
無常なる世にありてこそわが命ひたに活かして共に生きなむ

河原に住む人々

いつの間にかく増えたるや多摩川に仮の宿りの一軒二軒

家族らは郷里にありや河原にて猫を友とし皆暮らしをり

リヤカーに缶をひと山集むともその日の糧になほ足らざりき

せつかくに得たる銭もて猫用の缶詰買ひてそを与ふとは

定職に就かむと行きし面接に住所の故かまた落さるる

夏至

雨水を蹴立つる車その音に雨の強さを推しはかりをり

小止みなる街路を見れば行く人の傘ささぬあり傘させるあり

雨止みて薄日《うすび》の出づるかとみれば激しき雨音椋の葉を打つ

被爆後六十四年

閃光とともに飛ばされ気の付けば変はり果てたる人々数多

戦中といへど日毎の生活のあるを断たれし八時十五分

指先ゆただれし皮膚の長く垂れ水乞ひ歩く人の幾人

地獄絵もかくはあらざれ生と死と入り混りたるその光景は

絶対の非核非武装あるを信ず敢へて立ちたるその語り部に

政権交代、悪法廃止といへど

障害の身にあればこそ手を借りて創造的に我は生きたし

基本的人権をしも全うす介助といふはその腱にあり

障害を〝機〟とは捉ふる我なれど介助の保障なくば詮なし

昼夜とも絶ゆることなく介助をば要する者を忘るるなかれ

日比谷一万人集会

新法は四年をかけて作らむと壇に登りし大臣は述ぶ

介助にし携はる者の待遇をそにふさはしきものとなすべし

介助をし受くる現場に新制度作る人らは一度入るべし

日比谷にて「我々障害者は」と叫ぶそになにとなく疑問を覚ゆ

障害を〝機〟とは捉へてわがいのち活かして生きむとふと思ひたり

以後われを障害者とは括るまじ受くる差別は重くあれども

固有なるいのちの姿は違へども互ひに活かし生かしあひたし

新年を迎へて

耐ふること多き一日《ひとひ》を重ねつつけふまた仰ぐ初日の光

新春を言祝《ことほ》ぎつつも不況ゆゑ職に就けざる人らを思ふ

庭に向かひ居間に置きたるテーブルに車椅子の母は本を読みをり

年明けて家を見舞へば我が話す言葉は母の耳に届かず

復唱をお願ひしつつ一時の会話を母と楽しみをりぬ

妹人《いもうと》の見つけし古きアルバムを元に会話は弾みてゐたり

口をつきかく出できたり「おかあさんに育ててもらつてよかったよ」とは

無縁社会

絆なき社会といふもそも人の「世間」をいとふ心に因《よ》らずや

介助をし受くる心の重圧を「世間」ゆ来る牽制と解く

階段を下りて別なる校舎へと移るに友に手も借りずあり

ひとたびに縁をつくれば分を守り生活せよとの声の聞ゆる

姿なき牽制による自己規制そを嫌ひてや孤を選ぶらむ

貧困は言ふに及ばず死別など単身者を待つ「身元不明」か

輝けるいのちに立ちて自づから絆むすばむ恐るるなかれ

母の容態

夕刻に妹人《いもうと》よりの電話あり母の容態悪化を伝ふ

願はくは改装なりし実家にて憩へる母をふたたび見たし

病院の窓より見れば両岸の盛りの桜に人々の出づ

母逝く

日暮時母危篤との報あるもすぐ行けざれば気を急きてをり

病院を覆《おほ》へる闇の明け初めてたらちねの母は身罷《みまか》り給ふ

祭壇の上なる母の亡軀《なきがら》に言ひ得しはただ「ありがたう」とのみ

亡き母に溢るる思慕の沸きくれば同じ思ひは皆人に向く

鉛筆の芯を折りつつ手にて字を書かさむとせし母の厳しさ

世の中の差別と闘ふその時し母の助けのげにありがたき

Ⅳ　六十年を過ぎて漂ふ

東日本大震災

仰臥にて排便せむとする時し大きなる揺れ突如起きくる

この部屋は何処《どこ》まで保《も》つやと天井や梁《はり》を見つつも「震度五強」と当つ

震源の遠くにありてこの揺れはなにごとありやと思ひをりたり

ものごころつきて五十と幾年かかかる揺れには遇はず来にけり

気のつけば膝を広げしそのままに二時間弱を放置されをり

テレビの映像に驚き

壁のごと高き津波の迫れると気づくに既に呑まれゆくなり

家も車も船さへ陸《をか》に流れ来て凶器に変じ町を壊せり

町ひとつ襲ひてやがて引く波に家も車も舐《な》め尽くさるる

田も畑も黒き波頭の舐《な》めゆきて行き場失《な》くせる車呑《の》みゆく

原発事故に思ふ

ヤマメさへ来るとふ清き流れまで線量高きをなを信じえず

清らなる流れの岸に蕗《ふき》の薹《たう》タラの芽出づるも線量高し

線量の高きが故に作付をやめし人らの無念を思ふ

懐かしき農村風景山あひの田畑の中に人影見えず

「継ぐ」と決めしその背に重き放射線避難先より戻りし若きら

目に見えぬ毒もて人を地獄へと落とす原発許してよきや

安全と言ひしは誰《た》ぞや地震《なゐ》おほき日本の原発など信じ来し

久しぶりの電車

電車にて散歩に行くは十年《ととせ》ぶり八駅先の多摩川を指す

高架化と複々線化をともになし我が乗る電車は滑《なめ》らかに飛ぶ

駅近く土手へと上る手助けを河原に遊ぶ若きらに請《こ》ふ

「いい仕事しちやつた」と言ひわが車椅子《いす》を支へし若き女子学生は去《い》ぬ

梅雨明けの青空の下河原には三々五々に若きら集ふ

対岸の河原にテニスコートあり夕日に翳り人影もなし

土手のさき橋を渡りて対岸を目指してしばし川風を受く

重心の揺れと適度の冷房に意外や電車は心地よきかな

シューベルト・プログラム

幾年もコンサートには行かざれば座りきるるや心配しをり

慄《おのの》きを表したるやうつくしき旋律はなほ震へのうへに

心を射止むるハンター

わが町に教へ子ひとり住み始む見知らぬ女《ひと》に詩を書きて遣る

ある夜君わが部屋に寄り残せしは「ひとつやねのした、なまのをんな」

誰しもの自己満足と思ひしに何と仲良き女《ひと》を作れり

君つよき言語障害持ちたれば会話はトーキングエイドにてせる

かの女《ひと》にかく言わせたる君すばらしき「障害者のイメージ壊されちやつた」

君つねに詩を書き贈るを明かされて「あの時の感動返してちやうだい」

酒飲むにストロー三本出させきて介助しあふをゲームとすとふ

互ひにて職場や家を訪問しにくき気遣ひ絶やさぬといふ

京都・大谷本廟を訪ねて

宿はしも五条も東に寄りたれば山科探索には好都合なり

夕刻の散歩がてらに大谷の名著堂をば参りて来り

正面の通路の左に親鸞《しんらん》の像の立ちゐて春日傾く

石段の聳《そび》ゆるごときに車椅子《いす》の我諦め宿へ戻らむとす

警備せる人の我らを案内《あない》して五条沿ひなる入口を入《い》る

エレベータそを降り外に出づる時てふど四時なる鐘の鳴りたる

名著堂そを訪れし時拝殿の前の香炉の煙しるけし

僧ひとり壇の扉を開きゐて座りて唱ふかの正信偈《せうしんげ》

―京都・山科を探りて―

晩年の蓮如《れんによ》の隠居所南殿の跡にゆかりの寺のありたり

車をし降るれば寺の前なりき石碑に蓮如隠居所跡とぞ

境内の左の小さき幼稚園前なる子の像「しんらんさま」となむ

園庭の先は垣にて仕切りをり向かふに竹林など透けて見ゆ

垣越しに寄りて覗けばその奥は堀や土塁《どるい》の跡と見えたり

今にして思へば寺の向かふ側を廻りてみればと悔やまれをりぬ

京都・山科を探りて（二）

巨きなる団地の前を過ぎゆけば右に土塁の跡らしき見ゆ

近づきて土塁を見むと寄りみれば堀の跡さへ目前にあり

土塁跡は草木茂りて人の背の四倍余りもあるごとく見ゆ

ここぞその蓮如《れんにょ》の墓と入りゆけど門あり内より閂《かんぬき》をかく

一行に若き乙女のひとりありその細腕が閂を抜く

人の背に近き蓮如の土饅頭《どまんじう》念仏をしてひとまはりせり

京都・旅を括りて

山峡《やまかひ》を縫《ぬ》ひて流るる宇治川は琵琶の湖《うみ》より溢れ来《き》たれる

片岸の崖を削りて通したる道はくねりて琵琶湖へ至る

貸し出しの介護ベッドを宿に据《す》ゑ拠点とするを交渉せし君

入院の病室にて

数日のうちに子孫を残さむと蝉は鳴くなり懸命に鳴く

病室の大きなる窓時折に蝉の当《あた》れるかはいさうなる

「カフェゆうじ屋」

教へ子の新たに店を持つといふ散歩がてらに三軒茶屋へ

初夏のみの甘夏シフォンは西伊豆の我らが山に熟《な》るを生かせり

持ち前の茶目つ気いかし自らを宣伝塔とし売り歩きたる

幼き頃受けしいぢめ

幼きに受けしいぢめを今頃にふと思ひ出づけさの寝起きに

実験に紛ふ治療を不憫とて祖母は我をば預かりゆきぬ

朝祖母とマッサージへと通ひつつ昼は近所の子らと遊べり

蜘蛛の子を散らすがごとく逃げらるる子らは「病気が移る」といひて

ものを言ふその引きつれる表情を真似さるること心に痛し

マヒ我の歩くを写す鏡にはその痛みまで写らざりしか

いぢめ受け報告すれば祖母言ひぬ気の毒なるはその子らの方と

障害の身老いきたりて

手から手へ都会の底に渡さるるわがいのちこそ漂流せるかな

手の主も様々なればその主のあれやこれやにわれ巻き込まる

介助者と問題かかへるときどきは二人でゐるは怖きもありたり

葦舟《あしぶね》に乗せられ漂ふ蛭子《ひるこ》われ六十年を過ぎて漂ふ

生来の麻痺と老いとの重なりてあはれこの身の哀しかりけり

原発事故後二年

未だ二年されど二年かかの事故の記憶薄るる日本人の性

浪費せる首都に電気をまかなふに過疎の里をば犠牲としたり

清らなる水の流るる山里を突如汚しし水素爆発

東京に送る電力つくらむとひとを騙して造りし原発

金曜に官邸前に集まりし人々の声「原発反対」

今もなほ郷に帰れぬ十五万流浪の民となりて漂ふ

避難所を転々として仮設には知る人なくば気力衰ふ

老いの身の仮設住宅ふるさとにいつ帰れるやそれもわからず

V

かく叫びゐて今日も明けゆく

紫陽花探索

空梅雨にせめて紫陽花探さむとまずは近くの緑道に入《い》る

薄紅や薄青混じる多かりき深き青なる紫陽花ありや

我が探す青き紫陽花見つくると思へば色のまだまだ薄き

探せるはここにしありと喜べばそこは実家の裏庭なりき

紫陽花に深き青色求むるは見慣れしゆゑと我は気づきぬ

雪

しんしんと雪の降り積む音もなく雪の降り積むわが心にも

朝方に聞こえし車のチェーンさへ今は聞こえず雪は降り積む

ひとときは聞こえし向かひの中学校はしやぎたる声いまは聞こえず

窓の外《と》の椋の枝にも少しずつ雪の積みゆきなをも降り積む

常伏せのこころとからだの痛みをばいや降り積もる雪よ清めよ

詩人・安倍美知子さんを悼む

またひとり共に時代を拓きこしかけがへのなき友を送れり

葬儀にて出会ひし頃の思ひ出を弔辞に代へて語りたりけり

たまさかに同人誌にてきみの詩を見しよりいたく捕へられたり

詩をひとつ書くを重ぬるそのたびに兆したりけむ「自立」への意志

自らの親の説得なしきりて自立の一歩きみ踏みだせり

野次怒号とびかふ中なる区交渉黙せるきみは存在感を持つ

「自宅での緩和ケア」を選びしはあまたの治療身に識るゆゑか

六日前気になり家に寄りしとき我と気づきて言葉交はせり

君なくて何ぞこの身のあるべきや一途に思ふわが心かな

人恋ふる秋

手も足も動かぬ身にていまさらに何をせむとや恋の告白

「好きです」と短きメールのその後に一言打ちて署名をしたり

恋すると告げし言葉に君よりし返しの来《きた》る「素直にありがたう」と

この年齢《とし》のこの障害にしてなほ熱きかかる想ひの沸き来るとは

十数年世話になりたる君はいま新たに看護ステーションを立つ

改めて熱き看護師育てむと看護チームを君は立ち上ぐ

いま告げておかねば永遠《とは》にといふ心ありてや出でし恋の言の葉

今冬

この冬は寒かりしかばわが部屋にほぼ籠りゐて外《と》に出《いで》ざりき

クリスマスイヴの夜君の職場へと抓めるチョコを届けに行きぬ

戸口より半身出《いだ》し吾《あ》を認め上着を羽織り段下り来る君

働くを喜びとせる息づかひ伝はり来《きた》る君のメールは

毎朝の寝起きに

まどろみの楽しき時は永遠に許されざるや足の燃ゆれば

めらめらと首ゆ下しも燃えてをりただ薬の名呼び続けたり

足熱し身体も熱し痛し苦しかく叫びゐて今日も明けゆく

損傷の髄に発する痛みなればこれこそまさに灼熱地獄

神経の断末魔なる悲鳴にや燃ゆる痛みは耐へがたきかな

目覚むればにはかに感電せるがごと激しき痛みの襲ひ来《きた》りぬ

感電をし続くるがに絶え間なき痺るる痛みに一日耐へぬ

Ⅵ　互ひの〝今〟をいかしあひたし

発声困難

言ひたきを無声音にて一心に言へども単語も言ひ切れずをり

声出でぬことも増えゆき会話さへままならぬ我とり残さるる

そのときに言へざりしこと機会をし失ひたれば二度と言へざり

こはばれるくちびる手もて上に挙げかそけき言葉聞き取らるるや

一言を言ふにも思はぬ時かかり暮らしの時間に食ひ込みゆけり

パソコンの画面を見るも数行を進めばすでに疲れ果てたり

最も強き男の伝説

不敵なるモハメド・アリの実像をとらへしテレビの番組を見つ

不遜なる予告通りにリング上蝶のごと舞ふ蜂の一刺し

おほぐちを叩くも汝《なれ》いざ試合まへ弱音おほきとセコンドの言ふ
記者達に我ベトコンに恨みあらずと言ひし一言騒ぎを呼びぬ
徴兵を拒否したる汝政府よりタイトルさへも剥奪さるる
栄光のリングを去りてその後にパーキンソンに汝は悩めり
弱きをもさらす勇気を持ちてこそ強き男と汝は言ひたり

わなわなと震へる手にて聖火をば点ずる姿今も忘れず

国領神社の藤

一週間もつか否かの盛りなり国領神社の千年の藤

境内に入《い》れば甘き香《か》ただよひて藤の花房幾千本か

藤棚を高めにしつらへその花はかくもかをりの強きものかは

熊蜂や細かき他の羽虫らも時ぞと藤の蜜を吸ひに来

中央にひとときは高き藤のありそこより花の滝のごと落つ

藤蔓の絡みし欅《けやき》の雷《いかづち》に打たれ朽つるを手当てせるとふ

巻き付きし欅の代はりに電柱を二本も立てて支ふる藤の木

盛りなる藤の紫鮮やかに楓《かへで》の若葉に映えてさやけし

わがいのち

何といふ偶然なるや現世《うつしよ》に仮死に産まれて息吹き返すとは

お産婆に逆さに持たれ背や腹を叩かるれども産声上げず

いたづらに時は過ぎゆき産声のなきこと「三十分」と祖母言ひたりき

ひくひくと戦《おのの》きつつもわがいのち呼吸《いき》を求めて足掻きをりしや

運よくも鼻や口より羊水の流れ出づれば弱々しく泣く

母も飢ゑ乳《ち》も出でざりき空腹のわがいのちこそ試練の日々か

飢ゑて泣く乳飲み児我に米国ゆ苦学の叔父はミルク送り来

誕生日過ぐるも首の座らざれば近くの医者に診せにしと言ふ

東京の病院いくつか巡りゆき「脳性まひ」と告げられたりき

津久井やまゆり園事件より一年

恐ろしき事件ならずや十九人元職員に刺殺さるとは

死傷者は四十六人に及びたり異例のことに氏名明かさず

身心に癒やされぬ傷残るらむたとひいのちはとりとむるとも

見知りたる男の刃物を振り上げて迫り来《きた》るをわが夢に見つ

意思疎通なき障害者は不幸をし作るのみとは犯人言ひぬ
思ひやり察することも言葉なき意思の疎通の一部ならずや
己こそ弾かるる怖れ感じてやより弱きらを斬りて見せたる
犯人をかくなさしめし原因を資質のみには求むるなかれ

西伊豆松崎岩地の浜

岩地とふ我が好みたる浜のあり山に囲まれ波静かなり

海中に入れば不思議や出でざりし右足前に軽く運べり

胸ほどの深さを選び弧を描く汀《みぎは》に沿ひて歩を進めたり

岩地の江再び見たるこの旅を共に来たりし皆に感謝す

鏡なす入江の向かひにそそり立つ裸の岩肌目に焼きつけぬ

我死なば好めるこの江に散骨を望みたしとぞふと思ひたり

水を出ですぐ車にて近くなる海辺の湯をばいつも目指せり

入りし時熱きこの湯も冷えし身を温むるには最上なりき

秋深まりて

十月も半ばになるにわが窓の朝顔咲ける葉は枯れつつも

歌といふ表現

根つからの耳人間にありたれば論文読むも声思ひつつせる

いのちとふ現実《うつつ》にあれば歌により語れぬことはなしと気づけり

積雪二十三センチ

午前より舞ひ初めし雪午後になり見る見る積みてなをも止まざる

屋根や木に積みたる雪の歩道にもやがて積みゆき人黙々と行く

車道には雪積みたるやいつになく車の音も絶えてせざりき

日中《ひなか》より降りたる雪の夜に入るも衰へざりき夜半《よは》過ぐるまで

窓よりし見ゆるかぎりを真白にしみるみる積む雪八寸ほどか

この雪に阻まれつつも帰る人替はる人らのこと気遣ひぬ

笠間の西念寺にて

筑波嶺《つくばね》を南に望み広き田をすこし上りて西念寺はあり

親鸞《しんらん》の結びし草庵ここにあり非僧非俗を生き方として

流刑地の越後を離れ下野《しもつけ》や常陸《ひたち》に暮らし二度目の転居
筑波嶺《つくばね》の北麓《ほくろく》の地に念仏の教へ広むる拠点を得たり

妻帯を宣言してより幾年か家庭を営む場も要すらむ
ここにては『教行信証』書き初むる子育てもし稲も育てて

畦道の小さき石橋わたるたび見返る姿目に浮かべをり

いくつかの縁《ゆかり》ある地に寄りたしと思へど時なし帰途につきたり

冬場の外出

この冬は寒くしあればなかなかに家を出《い》づるも億劫《おつくう》なりき

プールには行けざりしかど折角の介助体制いかに活かさむ

着替へなど諸々のこと思ふほど気の重くなり心決まらず

介助者に引かるるごとくに地下鉄を使ひて来《きた》るスカイツリーよ

駅よりしそのまま入りてエレベータ降るれば地上三百五十メートル

宝石箱毀《こぼ》ちたるごときらめきぬ視野の限りに広ぐる夜景

地平線近きは不思議にせり上がり我すり鉢の真中にゐるや

心地よき電車の揺れに帰り来ば外は凍てつき雪も残れり

梅雨明け

夏空の色深ければ今朝はしも梅雨明けたるや未だ六月

見慣れたる窓の景色の陰影も色くきやかに装ひて見ゆ

窓よりし南より入る強風の夏運びきて我が身に涼し

海辺にて風に吹かるる心地にて強めの風に身をまかせをり

あまりにも早き梅雨明け渇水の心配かたへに出で来《きた》るかな

天候の異常は普通のこととなりこの夏暑さはいかばかりなる

九州の北部は未だ豪雨にてそこに住みゐる友を気遣ふ

『えんとこの歌』テレビ版

わが歌を映像によく散りばめし『えんとこの歌』とふ記録番組

歌はただ表現にしてここにてのわが暮らしこそ独創ならむ

介助者はそれぞれにして接点を見付くることは容易ならざり

この部屋のわが環境は真摯なる介助者らとの向き合ひに成る

わが暮らし他人《ひと》と比ぶることなかれこのいのちこそ掛け替へのなき

いかしあふ集合住宅創らむといのち削るはことばの矛盾

秋雨の晴れし日

秋雨の晴れし一日昔日《せきじつ》に住みし辺りを探索に行く

新宿と池袋との雑踏を分けつつ来《きた》る南町交差点

この坂を上ればやがてその先に南町とふ信号の見ゆ

信号の手前にありし八百屋など今は面影すら見えずなり

大学の四年になりし時なれど進路の闇に迷ふその頃

反戦や自主講座など論ずれどわが障害のこと置き去りにせし

「青い芝の会」の事務局尋ねつつ町工場にも勤め始めし

わが部屋ゆ路地を出づれば八百屋あり魚屋肉屋もありて事足る

肉屋にてカツやコロッケ揚げをれば匂ひにつられ時に買ひたり

北へ帰る君との距離を縮めむと我足指《そくし》にて文を認《したた》む

家にてはなし得ぬことの数々を経験したり良きに悪しきに

映画『こんな夜更けにバナナかよ』を観て

映画なる『こんな夜更けにバナナかよ』わが来し日々に重なりて見ゆ

医師にさへ責任持てぬと言はれつつ筋ジス鹿野のいのち羽撃く

突拍子なき要求に介助者ら総てたびたび振り回さるる

今を生くただ今を生くそによりて虚飾の関はりはぎ取りてゆけ

眠れる青年

入院時意識なき子と同室になりしことあり夜は機械音のみ

呼吸器に助けられつつ生くる子の髭を剃るなど母御通ひ来

遠慮がちにカーテンを閉め世話するを声を掛くれば話弾めり

数年前まで高等部にて受け持てる子らの名前を聞き驚きぬ

筋ジスの障害持てるも事故にあひ対応遅れかくなりしとふ

もし事故のなければクラスの生徒かと思へば愛しそのいのちかな

意識なしといへども身体の快・不快表情に出づとナースさへ言ふ

医師来《きた》り腕自慢せし帰り際「ま、お母さんの玩具《おもちゃ》といつたところですな」

映画『えんとこの歌』地元上映会

夜の上映終はるにあはせ三分とかからぬホールに挨拶にゆく

家を出で僅かの道のりこの夜はも暗くなれるもなを暑かりき

ドアをしも開くれば何と超満員百二十人の中次男をりしか

新宿に二週掛かるもかかる入り未だあらずと監督言ひし

期待せず望みも絶たず見守《まも》り来し次男ゆメールの届きたる夜半《よは》

映画をば観ての感想書かれをり親爺の心分かりしといふ

それなりの分量ありて真情も表はれをりぬ嬉しきかなや

満席の昼の上映子を連れて次男の嫁も行きて観しとふ

上映会トークと伊勢旅行

電車にて宮川渡れば伊勢の街降りし駅より宿へと向かふ

駅を降り宿へ向かへば右側に月夜見宮《つくよみぐう》とて暗き杜《もり》あり

宿はしもゆかしく古《ふ》りて床の間も庭石さへも歴史を語る

戦災に焼け残りたる一角にこの宿ありと案内人《あないびと》言ふ

朝よりし激しく雨の降りたれば海に浸かるは諦めをりぬ

鳥羽《とば》よりし伊良湖《いらご》へ渡るフェリーあり乗りて辺りの島を見むとす

伊勢湾の口にあたれる島々はもと海賊らにより治められしとぞ

鳥羽寄りにやや大きなる島のあり子らを島民全員にて育つ

小止みなるデッキに出づれば『潮騒』のモデルの島の沖を過ぎたり

上映会トークと伊勢旅行（二）

「トーク」とて気の利く話は難しき一言伝ふも時間なければ

挨拶は新富座にて行なひぬ髪引かれつつ外宮に向かふ

外宮には正殿のみをお参りす内宮にゆくを急《せ》きたればなり

なだらかに木に覆はるる山の辺の段丘《だんきゅう》の上に内宮はあり

五十鈴川《いすずがは》渡れば涼しき森の中玉砂利の道に誘《いざな》はれゆく

玉砂利を車輪に踏みて神域の森の奥へと進みゆくなり

森の奥ややも霧《き》らひて斜めなる木漏れ日の筋浮き立ちて見ゆ

また台風接近

ひと月も経たぬにまたも台風か十九号とて強大なるや

鉄道は計画運休するといふ介助の人も移動できぬを

介助者は二日二晩泊まり込み体制にあり手段なければ

わが部屋は角部屋なれば風圧にサッシの窓も飛ぶかと思ふ

風雨こそ窓一面にふきつけてサッシのレールゆ水あはのごと吹く

初冬

群青は段なす影を描き初《そ》め校舎の闇の夜を浮きあぐ

幾重かの屋根を重ぬる丘の上《へ》に見ゆる枝々葉を落としたり

梢《こずゑ》ほど末に広ごる木々の中ひときは高きは常緑なりき

カーテンを洗ふついでと窓までも拭きくれしあり夜勤の朝に

時雨《しぐれ》降る向かいの木《こ》の影小暗《をぐら》きに数多《あまた》の玉水《たまみづ》電線にあり

朝食に胃瘻《いろう》ゆ栄養摂《と》らむとてベッド起こせば東向きの窓

毎朝に空の光や行く雲を見つめてをりぬ東の窓ゆ

ありのままのいのちに立ちて

ひとりひとり違ふいのちを生きてこそ総体として人類は成る

わがいのちあまさず活かすその姿世人に見えぬ世界なるべし

われにとりそは差別なるといふことをいかに伝へむ介助の君に

おのれにておのがいのちを差別するそにきづかずや世のおほかたは

高校へ通ふ途上に子らのゐて「悪いことするとああなるんだよ」

ありのままのいのち活かさむたとひそがいかなる姿とりてゐるとも

思ふこと世に言挙げむ勇気もて世間体などあへて気にせず

差異を見ず同じことをし求むるはこれぞまさしく差別ならずや

そがいのち見つめて活かすその時し身ぬちからなる光に満つる

身ぬちよりかがやく光そのまへに世の人々もなにも言へざり

世の人のなにと言ふともいのちなる光をもちていかにともせむ

いのちには終《をは》る時ありそれ故に互ひの〝今〟をいかしあひたし

解説　遠藤滋歌集『いのちゆいのちへ』に寄せて

大津留　直

この度、わが畏友、遠藤滋氏が歌集を出されることとなった。心からの祝意を述べさせていただく。思えば、氏とは都立光明養護学校小学部で同級になって以来の付き合いである。たくさんの思い出が頭を過るが、今は、氏の歌の鑑賞に集中しよう。実は、私に解説を書くように依頼されたとき、歌集の中からご自身で十首余りを選ぶようお願いしておいたので、それに沿って進めてゆく。

眼にまろき「無影灯」の映りゐてわれ生くるらし手術終りぬ

大きな手術が終わって、意識が戻ったときの「ああ、生きているんだ」

という感慨が、眼の上にある「無影灯」の丸い光に託されて表現されている。その丸い光が、今こうして危機を潜り抜けて生かされた「いのち」そのものであるかのように作者には思われたに違いない。極限の痛みを通して見えて来るこの「いのち」を伝えることが、作者のこれからの課題として浮かび上がってくる。

蕾なる萼より緑の首伸びてねぢれ解きつつ花ひらきゆく

一読、夜顔の蕾が開いて行く様子が、スローモーションビデオを観ているように見えて来る。「夜顔」という言葉を出すことなく、しかも、読者にそれが間違いなく伝わるほどに、優れた描写だ。作者はあくまでも、夜顔の開花を描写しているのだが、評者には、どうしても、作者自身の身体の状態が重ねて暗示されているように思われるのは、「首」という言葉の所為なのだろう。つまり、前述の手術によって、首の捻れが解かれて、さあ、歌を作るぞと言っていると見るのは、やはり、読み入れ過ぎであろうか。

雨止みて薄日の出づるかとみれば激しき雨音椋の葉を打つ

遠藤氏が既に四十年近く寝たきりの状態で横たわっているマンションの一室の外には椋のかなりの大木が植わっており、それがしばしば彼の歌の題材となっている。梅雨の時期であろうか。雨が一時止んで薄日が出たかと思う間もなく、またザーと激しく雨が椋の葉を打つ、という写生の歌であるが、同時に、手術で一時は薄らいでいた全身の痛みが再び襲ってきたことが暗示されているのかもしれない。

障害の身にあればこそ手を借りて創造的に我は生きたし

われわれのように身体に障害があると、どうしても恥ずかしいという意識が付き纏う。なぜなのか。いろいろな要因が考えられるが、先ずは、現代のような生産活動による利潤の追求が基礎となっている社会において、その基準となっている効率性に、障害がそぐわないという要因が大きい。ここに言われている「創造」とは、利潤を追求する「生産」と言葉の上では似ているが、むしろ、正反対の意味を持っている。それは、「創造」には、自由と愛と無償性、そして、何よりも、修練の苦しみと歓びが属しているからである。それは、障害によって出来ないことをカバーしてくれる人々と、互いに「いのち」を自由に活かし合うということであり、また、そのような「いのち」の連帯を更に紡ぎ出し、深めてゆくことであろう。例えば、短歌を作ることによって。

手から手へ都会の底に渡さるるわがいのちこそ漂流せるかな

遠藤氏のように、交代制で他人に二十四時間介助を委ねることは、同時に、これまで全く交流がなかった人々が突然、自分の日常生活に入って来ることであり、それらの人々に自分のいのちを託してしまうことを意味する。そこには、われわれが普通享受しているような、いわゆるプライベート空間は入り込む余地は殆どないのではないか。もちろん、ある程度長続きして気心が知れた介助者も中にはいるに違いないのだが、それでも、介助者が次から次に替わってゆくことは避けられない。それをここでは不安の気持ちを込めて「漂流」と呼んでいるのであろう。しかし、そのように漂流しているからこそ、それがそのまま「いのち」を互いに生かす共同体へと転換してゆくチャンスもまた与えられているということだと思う。

いま告げておかねば永遠《とは》にといふ心ありてや出でし恋の言の葉

人間、いくつになっても、どんな状況にいても、これこそが、かけがえのない、わが人生で一回限りの出会いだと思ってしまう人と巡り会うことがあるものだ。そんな人に告白するべきかどうか、作者も散々悩み抜いた末に、「いま告げておかねば永遠《とは》に」その機会を逸してしまうという想いから、その恋の告白をしたのだろう。まさに、永遠の宇宙乾坤に背中を押されての告白であったのだろう。青年のような瑞々しさと老いの悲しさが重なっている。しかし、そのような激情の時期を一旦通過してしまえば、そんな恋も、やがて、よき友人同士のような関係になることが可能なのではないか。

思ひやり察することも言葉なき意思の疎通の一部ならずや

この歌は、相模原市の「津久井やまゆり園」で二〇一六年七月に起きた、あの障害者殺傷事件を機縁として作られたものであろう。あの事件を起こした植松聖死刑囚が、その入所者が意思疎通できるかどうかを、刺すかどうかを決める基準としたと供述しているからである。植松氏は、その際、意思疎通を、言葉による意思表示のやり取りに限定しているわけであるが、遠藤氏の歌は、その考え方が狭すぎるのではないかという問いに立脚しており、そもそも相手を人間として見ているならば、言葉による意思疎通ができない場合でも、思いやったり察したりすることも、「意思疎通」の一部なのではないかと言っている。ところが、あの裁判の判決文に明記されているように、あの施設の入所者が、職員の多くによって、人間として見られ、扱われていなかったことが、あの犯罪の遠因となったということである。これは衝撃的なことであり、われわれがこれからもあの事件について、自分のこととして考えていかなければならないことを示唆している。

この雪に阻まれつつも帰る人替はる人らのこと気遣ひぬ

大雪の晩のことである。その時間の介助を終えた人が、その雪に阻まれてなかなか帰れないでいたのだが、やっと少し小やみになったのを見て部屋を出て行くとき、次に介助している人が帰るときが大変だろうと気遣ったというのである。作者としては、そのように他人のことを思い遣ることができる人間がいることに感動しているのであろう。しかし、ここには、遠藤氏の日常を支えている介助の態勢を維持するのが如何に大変なことであるか、そこに介助者たちの献身的努力があることが示唆されている。もちろん、それを可能にしているのは、そこで介助を受ける遠藤氏自身の人間的な魅力と教育者的な配慮であることは言うを待たない。「えんとこ」はまさに、そのような道場であるということに他ならない。

森の奥ややも霧らひて斜めなる木漏れ日の筋浮き立ちて見ゆ

遠藤氏は、その身体上の苛酷な条件にもかかわらず、しばしば、介助チーム一丸となった旅行を敢行している。この作品も、そのような旅行における嘱目の一つなのだろう。措辞は非常に分かりやすく、簡潔であり、誰の目にも、その美しくも、清々しい光景が見えて来る。森の奥は、やや霧がかかっているが、まさに、その霧のお蔭で木々の枝から漏れた日光が、斜めに筋をなして、浮き立って見えているのだ。あけびの伝統に則った、万葉集の格調あるリズムを引き継いだ堂々たる作品でありながら、現在の誰が読んでも分かる作品となっている。おそらく、作者自身にとっても、その意味でとっておきの一首なのであろう。

時雨《しぐれ》降る向かいの木《こ》の影小暗《をぐら》きに数多《あまた》の玉水《たまみづ》電線にあり

こちらは、おそらく、自室からの実景を詠んだ作品の一つ。この木は、三首目に詠われている椋ではなく、彼の部屋の道を隔てた向かい側にある中学校の校門近くにある木なのだろう。ともかく、晩秋の時雨が降って、向かいの樹影は少し暗くなっているが、電柱から電柱へと渡された電線には、たくさんの水滴が、微かな陽光に光っているのだろう。その水滴の一つ一つが作者には、連帯しながら、お互いを活かし合う「いのち」であるかのように思えているのだろう。

固有なるいのちの姿は違へども互ひに活かし生かしあひたし

「固有なる」とは、本来与えられている、という意味であろうか。まことに、人はお互いに異なった「いのち」を与えられており、どれ一つとして同一ということはない。そうであるからこそ、お互いの「いのち」を活かし合うのは、実は、至難の業なのだと思う。お互いの思惑がぶつかり合うのが関の山であるからだ。そうであればこそ、お互いのいのちを活かし合いたいという夢もまた大きく膨らんでゆく。しかし、人間には、他の誰かのいのちに直接介入することは、最終的には不可能なのではないか。したがって、この「お互いのいのちを活かし合う」という願いは、あらゆる直接的介入から一旦退いた祈りを基礎とするほかないと、私は思う。逆に言えば、人の行動にそのような祈りが感じられるところにおいて、初めて、真の意味での感化ということも起こりえるのではないか。この歌には、それぞれのいのちの違いを前提にしながら、しかも、なんとか互いを活かし合いたいという祈りが聴こえてくる。

そがいのち見つめて活かすその時し身ぬちからなる光に満つる

例えば、交通事故で片足を失った人が自暴自棄になっていたとする。その人が、何らかのキッカケで、残された機能を使って、その与えられたいのちを活かそうとする姿が思い浮かぶ。それは、それぞれに与えられたいのちは、そのままですでに一つの奇跡であるからである。だからこそ、そのいのちを見つめるならば、おのずからそれを活かそうとすることが起こって来るのだろう。そして、そのように、人がそれぞれの困難にもかかわらず、そのいのちの奇跡を見つめて活かそうとする姿には、身の内から発せられる光のようなものが感じられ、その光が、同様の困難に遭遇している人々に勇気と励ましを与えるのだろう。もちろん、これは、そうでなければならない、という道徳律の問題ではない。しかし、われわれのいのちには確かに、どこか、そのような働きが備わっているものだ。

障害を〝機〟とは捉へてわがいのち活かして生きむとふと思ひたり

この「機」は、親鸞の言う「悪人正機」の機だと思う。生きるためには、例えば、殺生を生業とせざるを得ない「悪人」である民衆こそが、その救いがたさのゆえに、弥陀の誓願によって掬い取られているという思想であった。この思想が後に、一向一揆として権力の不正に対して反旗を翻す上でバックボーンになったと指摘する思想史家たちもいる。それはともかく、遠藤氏がここで言う「障害」をわれわれは、最も広い意味で、理解しなければならない。つまり、現代の生産の効率性にそぐわない身体的・精神的傾向一般と理解しなければならない。そのことによって、われわれはこの歌の持つ歴史的な射程を初めて慮ることができるからである。人間は、たいていの場合、どこかに、「障害」、つまり、現代の生産の効率性にそぐわない身体的・精神的傾向を持っているものである。そうであるからこそ、それが「機」となって、自分のいのちを活かし、それぞれのいのちを活かし合いながら生きることができる、という歌意であろう。

これで、遠藤氏の自選十三首の鑑賞を終えることができた。甚だ不十分であり、拙いものになってしまったが、遠藤滋歌集『いのちゆいのちへ』の解説に代えさせていただくこととする。

最後に、都立光明養護学校の中学部で、われわれに短歌の素晴らしさを教えて下さった長沢文夫先生が、この歌集の上梓を、草葉の陰からさぞ喜んで下さっておられるであろうことを記し、また、現在、日本を、世界を襲っているコロナ禍の「えんとこ」への影響があまりに甚大でないことを祈りつつ、この拙文の筆を擱くこととしたい。

あとがき

はじめての歌集『いのちゆいのちへ』を上梓させていただく。

この題名の意味は「わたしのいのちからすべてのいのちへ」ということともいえようか。選歌などの膨大な作業の大変さを思えば、あるいはわたしにとって、これが最後の歌集となってしまうかもしれない。

いのちとは、それほどはかないものである。しかもけっして平等ではない。

「ありのままのいのちを肯定し、いかしあう。たとえそれがどんな姿をしていようとも」と言いはじめたのは、今から三十五年ほど前、『だから人間なんだ』(白砂巌・遠藤滋共編)を作った時のことであった。地域の再創造のためのモデルケースとして「支えあう集合住宅」をつくる運動を呼びかけ、〝いえ〟や〝まち〟の調査活動なども行なった。

ところが、こうした言葉がほかの人々との間に通じ合うようには、いまだになってはいない。表現の問題なのだろうか。

言い方はすこしずつ変わり、また、それだけ豊かにもなってきているとは思う。だが、そうこうしているうちに、四年ほど前、死者十九名、負傷者二十六名という大量虐殺事件が起こってしまった。津久井やまゆり園事件である。

ほかにも、差別やいじめによる自殺や他殺など、いのちの否定による事件は後を絶たない。心から残念なことである。

わたしは、五十六歳の時から、歌を詠みはじめた。小学校の時からの幼なじみで、今は哲学者である大津留直氏に触発され、彼の誘いであけび短歌会の会員となり、故・大津留温先生、故・林邦雄先生のご指導を受けた。

もともと、わたしは中学校の時に国語の長沢文男先生（故人）ととてもよい出会いをし、文学的な表現に強い関心を持つようになった。いま思えば、万葉集の歌や芭蕉の句にも触れた、すばらしい授業だったと思う。

ところが、わたしの興味は平安時代の物語文学や近代の小説などの方に向きがちで、いつしか詩や歌には自分は才能がないと思い込むようになっていた。

いわば「五十の手習い」の歌作で、それがどれほど克服できているかはわからない。ただ、二十二歳まで自分のもつ「障害」を置き去りにしたまま大学で日本文学を学んでいたわたしが、心の底から歌など詠めるはずもなかったことだけは確かである。

それまで自分の姿が嫌いだったわたしである。やがて〝障害者差別〟と闘う自分の姿だけがけなげでいとおしいと思えはじめて、ついからだに無理を強い、とうとう歩けなくなったのが、三十六歳。ちょっとしたきっかけで、ポリオの後遺症をもつ白砂巌氏と出会い、編集したのが前述の本である。自己嫌悪の問題など、すっかり吹きとんでしまっていた。それが三十四年前のことであった。

「自らのいのちをいかすこと」。これはなにも障害をもつ者に限らず言えることではないか。だとしたら、なんという奇跡だろうか。

そういう決定的な〝気づき〟があって、よろこびをもって会う人ごとにそれを伝えはじめた。しかし、話がかみ合う人はなかなかいない。こういう場合にそれまでしてきたように、文章を介しても同じであった。

そういう思いを、直接的に歌で表現できていればいいのだが、いったん持ってしまった思い込みはつい出てきてしまうものらしく、未熟さもあってなかなかうまくは詠めていない。自然を詠んでも、社会を詠んでも、また自分の生い立ちやその内面を詠んでも、それは自然に表れるはずである。最近、やっとその門口に立てたと思うのは、錯覚だろうか。

ともあれ、なんとか共感し、いのちをいかしあえる輪がひろがってゆくのを待つばかりである。このよろこびを、多くのひとのこころに届くように、これからも歌を詠みつづけてゆきたい。

数ヶ月前、白砂氏から「障害」という字は「傷該」に変えたらどうか、という指摘があった。それはそのとおりだと思ったので、あっさり同意した。また先にやられたな、とも思いながら。

しかしこれまでの作品については、表記を変える、ということはしなかった。言葉には慣用化されたところがある。たとえそれに差別的な意味が含まれていたとしても、それだけでそれを新しい言葉と入れ替えればすむという問題ではない。間違いと受け取られるか、独りよがりに終わるか、そこはわたしも試行錯誤をくり返してきたところである。そしてその結果「障害」をひとつの逆説の意味を込めて使うことにした。気がついてくださる方は驚きをもって受け取ってくださるだろう。もちろん、今後わたしは「障害者」などとは書くまい。

こうした苦労を引き受けながらも、わたしは短歌を詠む以上、作品としての質はできるだけ高めたいと願っている。自由な鑑賞に耐えうるものとして、御批評をお待ちするとともに、今後ともご指導、ご鞭撻を賜りたい。

なお、今回この歌集を出すにあたって、学生時代からの友人であり、いまはドキュメンタリー映画の監督をしている伊勢真一の作品『えんとこの歌』の上映会場で、「歌集はないのか」という声が多数、大きな反響とともにあったことが、わたしの背中を押したことを記しておく。編集やゲラ作り、体裁についてのイメージづくりについては、かつて上智大学の学生だった頃、わたしの介助に来てくれていた賀内麻由子さんのお世話になった。それとともに、版元と、彼女に加えて詩人・永澤康太さんに繋ぎの労をとっていただいた。心から感謝したい。

また、『あけび』のわたしの歌には、じつはクラシック・コンサートやオペラを観賞したものが意外なほど多い。それらを今回はほぼ割愛した。林邦雄先生に、その難しさを指摘されたことを思い出したからである。しかし、わたしはそれらの音楽から刺激を受けることが多く、それが何故なのかはよくわからない。謎は謎のままにしておきたい。

さらに、この間お世話になったわたしの介助者をふくめ、お世話になったすべての方々にあつくお礼を申し上げて、筆を擱くこととする。

遠藤 滋

二〇二一年夏

著者略歴

一九四七年　静岡県生まれ　脳性マヒによる上肢・言語傷該を残す
一九五四年～一九六三年　東京都立光明養護学校小学部・中学部在学
一九七四年　立教大学文学部日本文学科を卒業
東京都立光明養護学校に教員として赴任
この頃より地域の傷該者の自立をめぐる運動に参加
一九七七年　十八歳の頃発症した頸椎症による症状が再発し三ヶ月間病欠　この時から
食事や口述筆記等を大学の後輩数人に頼む
これが後の「遠藤滋&介助者グループ（えんとこ）」の遠源となった
一九八〇年　世田谷区に対し「身体障害者介護人派遣制度の改善を求める会」を組織
介助の公的な保障を求める運動を始める
一九八二年　『苦海をいかでかわたるべき～都立光明養護学校での六年間～』上・下巻（共
編・芝本博志氏）を社会評論社より出版
一九八四年　歩行が著しく困難になり病欠・休職を余儀なくされる
一九八五年　『だから人間なんだ』（共編・白砂巌氏）を東京都障害児学校解放教育研究会・

障害者の自主出版を応援する会より出版　「ケア生活くらぶ」を発足

一九八九年　二次傷該としての頸髄損傷の進行により東京都立光明養護学校を退職

一九九六年　「遠藤滋&介助者グループ（えんとこ）」の主催でドキュメンタリー映画『奈緒ちゃん』（伊勢真一監督）の自主上映を下北沢にて行う

一九九七年〜二〇〇一年　「ケア生活くらぶ」の活動の一環として〝いえ・まち調査隊〟を作り、調査結果をサイトに公開

一九九九年　自宅での〝介助を受けながらの生活〟を撮ったドキュメンタリー映画『えんとこ』（伊勢真一監督）が完成　自主上映運動により全国展開

二〇〇二年　介助に市場原理を導入することについて、小泉首相、坂口厚労大臣に対し、公開質問状を連名で提出

二〇〇三年　歌誌『あけび』に入会

二〇〇七年　「ケア生活くらぶ」を「支え合う集合住宅を創る会」として再出発

二〇一九年　要所要所に本人の短歌を効果的に入れたドキュメンタリー映画『えんとこの歌』（伊勢真一監督）が完成　毎日映画コンクール・ドキュメンタリー部門でグランプリ、翌年、文化庁映画賞・文化記録映画優秀賞受賞。各地での上映会場に挨拶に赴く

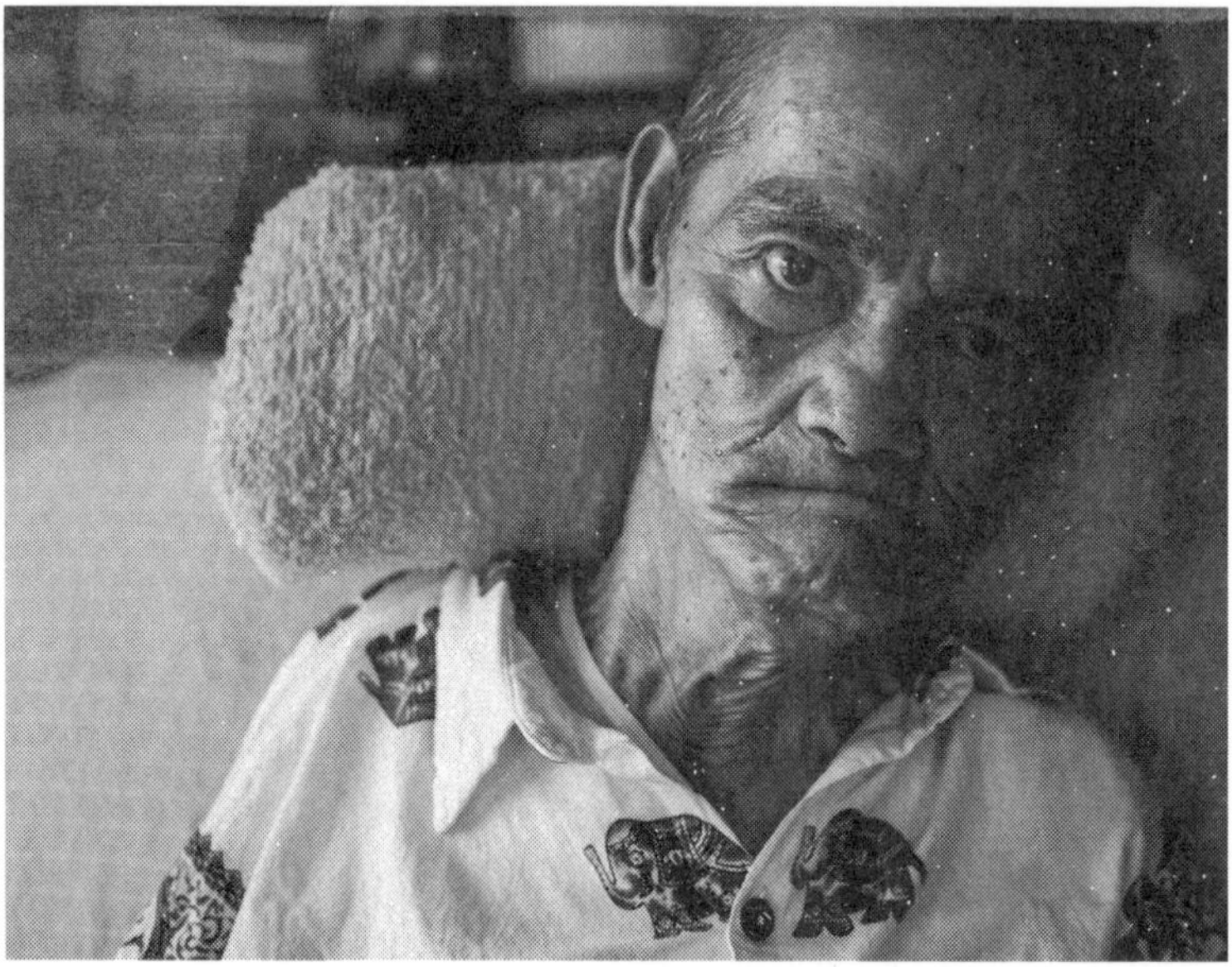

激しくもわが拠り所探りきて障害もつ身に「いのちにありがたう」

あけび叢書第一八九篇
いのちゆいのちへ
二〇二一年十二月一〇日　発行
著者　遠藤　滋
発行者　知念明子
発行所　七月堂
〒一五六–〇〇四三　東京都世田谷区松原二–二六–六
電話　〇三–三三二五–五七一七
FAX　〇三–三三二五–五七三一
印刷製本　トーヨー社
組版・装丁　賀内麻由子
写真　砂田耕希

ISBN 978-4-87944-468-4 C0092

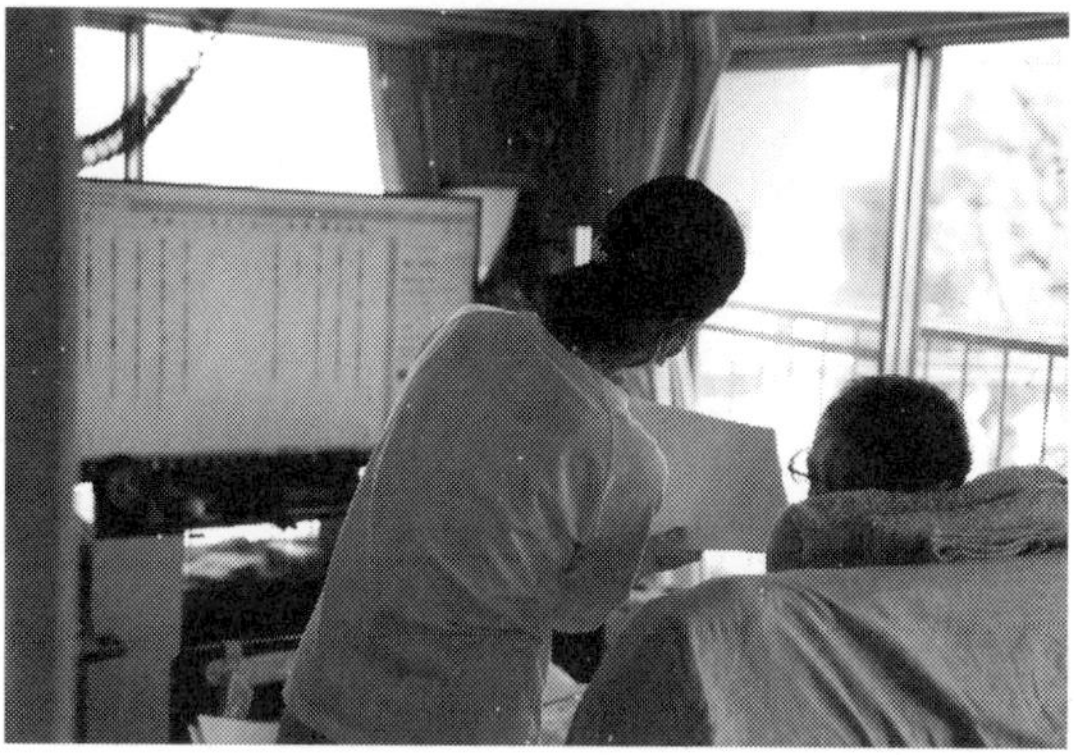